दशावतार

भगवान विष्णु के दस अवतार

OM KIDZ

An imprint of Om Books International

Reprinted in 2013

Published by

An imprint of Om Books International

Corporate & Editorial Office
A 12, Sector 64, Noida 201 301
Uttar Pradesh, India
Phone: +91 120 477 4100
Email: editorial@ombooks.com
Website: www.ombooksinternational.com

Sales Office
4379/4B, Prakash House, Ansari Road
Darya Ganj, New Delhi 110 002, India
Phone: +91 11 2326 3363, 2326 5303
Fax: +91 11 2327 8091
Email: sales@ombooks.com
Website: www.ombooks.com

ISBN : 978-93-80069-05-0

Printed at EIH Press, Gurgaon, India

10 9 8 7 6 5 4 3

अनुक्रमणिका

मत्स्य (मछली) अवतार – पहला अवतार

एक बार जब थककर ब्रह्मा जी सो गए थे, तो उस समय उनके मुखों से निकले हुए वेदों को हयग्रीव दैत्य चुरा ले गया। इन वेदों को वह बहुत समय से लेना चाहता था। विष्णु भगवान ने सब देख लिया था। उन्होंने सोचा, "मेरे पास बहुत कम समय है। अब शीघ्र ही यह युग समाप्त होकर, दूसरे युग के आरंभ होने का समय आ गया है।"

विष्णु भगवान ने चारों ओर देखा। जब उनकी दृष्टि पृथ्वी पर पड़ी तो उन्होनें देखा कि राजा सत्यव्रत नदी में स्नान कर रहे हैं, और हाथ में पानी लेकर प्रार्थना कर रहे हैं। उसी समय विष्णु भगवान ने तय किया कि वह मछली के

रूप में अवतार लेंगे। राजा सत्यव्रत ने फिर से हाथ में पानी लिया तो पानी के साथ उनके हाथ में एक छोटी सी मछली भी आ गई। उन्होंने सोचा कि तुरंत ही इस मछली को वापस पानी में डाल देना चाहिए अन्यथा यह

मर जाएगी। जैसे ही राजा मछली को पानी में डालने को तैयार हुए, मछली अचानक बोली, “पानी के बड़े-बड़े जीव-जंतु मुझे खा जाएँगे। कृपा करके मुझे अपने घर ले चलिए।” राजा सत्यव्रत मछली का बोलना सुनकर बहुत हैरान हो गए। उन्होंने उसको घर ले जाने का निश्चय कर

लिया, और मछली को अपने कमंडल में डाल दिया। जब वे घर पहुँचे तो उन्होंने पाया कि वह मछली बड़ी हो गई है। उन्होंने उसको एक बड़े बर्तन में डाल दिया। वह मछली लगातार बड़ी होती जा रही थी, इसलिए राजा ने उसको

तालाब में डाल दिया। परंतु उस मछली का बढ़ना नहीं रुका। तब राजा ने सोचा कि यह साधारण मछली नहीं हो सकती। यह भगवान का ही रूप होगी। अतः राजा ने पूछा, “भगवान आपने किस कारण से यह रूप धारण किया है?”

भगवान ने उत्तर दिया, "आज से सातवें दिन सारी पृथ्वी में समुद्र और तालाबों का पानी भर जाएगा। चारों ओर पानी ही पानी हो जाएगा। प्रलय आ जाएगी लेकिन तुम बच जाओगे। मेरी प्रेरणा से तुम्हारे पास एक बड़ी नाव

आएगी, उसमें तुम सप्तऋषियों को, वासुकी नाग को, कुछ जानवरों और चिड़ियों को लेकर चढ़ जाना।"

इतना कहकर वह मछली यानी मत्स्य भगवान समुद्र के पानी में चले गए। वहाँ जाकर उन्होंने हयग्रीव राक्षस को

खोजा और उसे मारकर उससे वेद छीन कर ब्रह्मा को दे दिए। सात दिन के बाद ऋषियों ने देखा कि एक नाव उनकी ओर आ रही है। वे सब नाव में चढ़ गए। फिर उन्होंने देखा कि एक बहुत बड़ी मछली उनकी ओर आ रही हैं जिसके सिर पर एक सींग भी है। मछली ने कहा,

"वासुकी नाग को मेरे सींग में बाँध दो और मैं तुमको दूसरे युग में ले जाऊँगी।" इस प्रकार मत्स्य अवतार समाप्त हुआ और नाव में सवार सारे लोगों ने दूसरे युग में प्रवेश किया।

कूर्म अवतार – दूसरा अवतार

दुर्वासा ऋषि को एक अत्यंत सुगंधित माला मिली। उन्होंने वह माला देवताओं के राजा इंद्र को दे दी। इंद्र ने उस माला को अपने प्रिय हाथी ऐरावत के सिर पर डाल दिया। जब ऋषि दुर्वासा ने यह देखा तो उनको बहुत क्रोध आया। और उन्होंने इंद्र को श्राप दे दिया, "तुम और सारे स्वर्ग के देवता दुर्बल हो जाएँगे।"

जब देवता शक्तिहीन हो गए, तो असुरों की शक्ति बढ़ गई। अब देवता लोग उनसे उतनी शक्ति से नहीं लड़ सकते थे, जितनी शक्ति से पहले लड़ते थे। असुरों से परेशान होकर सारे देवता भगवान विष्णु के पास सहायता के लिए गए। भगवान ने कहा, "समुद्र मंथन करो, उसमें

से अमृत निकालो, उसको पीकर तुम लोग फिर से शक्तिशाली हो जाओगे।" देवताओं के राजा इंद्र ने पूछा, "भगवान! इस काम में हमारी सहायता कौन करेगा?" विष्णु भगवान ने कहा, "असुर"। "और यदि उन्होंने अमृत पी लिया तो तीनों लोक बरबाद हो जाएँगे", इंद्र ने कहा।

देवताओं को आश्वासन देते हुए भगवान ने कहा, “मैं वचन देता हूँ कि अमृत की एक भी बूँद असुरों को नहीं मिलेगी।”

अब इंद्र, असुरराज बाली से मिलने गए। जब इंद्र ने बाली से सहायता के लिए आग्रह किया तो बाली ने यह शर्त रखी कि यदि अमृत में से कुछ भाग उनको भी मिलेगा तो वह अवश्य सहायता करेंगे। इंद्र ने उनकी शर्त मान ली।

उन लोगों ने मंदराचल पर्वत को लाकर उसकी मथानी बनाई। विष्णु भगवान की राय से वासुकी नाग की रस्सी बनाकर समुद्र-मंथन किया गया। थोड़ी ही देर में देवता और असुरों ने देखा कि मंदराचल पर्वत के नीचे कोई आधार नहीं था, इस कारण वह नीचे समुद्र में डूबने लगा।

तुरंत ही भगवान विष्णु ने कछुए का रूप धारण किया और पर्वत को अपनी पीठ पर ले लिया। इस प्रकार भगवान ने अमृत प्राप्त करने के लिए देवताओं और असुरों की सहायता की।

वराह अवतार – तीसरा अवतार

एक बार पृथ्वी जल में डूबी थी और प्रलय का समय था। दूसरा युग आरंभ करने के लिए पृथ्वी को जल से बाहर आना आवश्यक था। ब्रह्मा जी ने देखा कि लोगों के रहने को धरती ही नहीं है। वह इस विषय में गंभीरता से सोच ही रहे थे, और विष्णु भगवान का स्मरण कर रहे थे, कि अचानक उनके नाक के छेदों में से अजीब सा जंतु निकला।

वह अंगूठे के बराबर एक सफेद वराह का बच्चा था। ब्रह्मा जी तुरंत समझ गए कि यह विष्णु भगवान का नया अवतार 'वराह' है। वराह शीघ्र ही बड़ा होता गया और एक हाथी के बराबर हो गया। शीघ्र ही यह वराह समुद्र में कूद गया और अपनी थूथन से पृथ्वी को ऊपर उठा लाया और तैरने लगा।

दूसरी ओर हिरण्याक्ष परेशान था कि देवता लोग उससे क्यों नहीं लड़ रहे हैं। वह समुद्र देवता वरुण के पास गया और उससे लड़ने को कहा, परंतु वरुण ने कहा, "मैं

शक्तिहीन हूँ। तुम भगवान विष्णु से क्यों नहीं लड़ते?" उसी समय नारद वहाँ पहुँच गए, उन्होंने बताया, "विष्णु भगवान वराह के वेश में पानी के भीतर हैं।"

"वे पानी में क्यों छिपे हैं?" यह कहते हुए हिरण्याक्ष पानी में कूद गया और चिल्लाने लगा, "ओ कायर, मुझसे लड़।" हालाँकि वराह भगवान चुप रहे। वे तैरते-तैरते पृथ्वी को ठीक स्थान में रखना चाह रहे थे। एक बार अपना काम पूरा करके वे हिरण्याक्ष की ओर लड़ने को मुड़े।

हिरण्याक्ष एक विशाल गदा लेकर वराह भगवान को मारने दौड़ा। भगवान ने वह गदा उसके हाथ से छीन ली और अपने एक पैर से उस राक्षस को इतने ज़ोर से मारा कि उसकी मृत्यु हो गई। एक बार फिर बुराई का अंत हो गया और वराह अवतार भी समाप्त हो गया।

नृसिंह (नर सिंह) अवतार – चौथा अवतार

हिरण्याक्ष की मृत्यु से उसके छोटे भाई हिरण्यकश्यप को बहुत दुख हुआ। उसने विष्णु से बदला लेने के लिए घोर तपस्या की।

हिरण्यकश्यप के वन में जाकर तपस्या करने का समाचार जब देवताओं को मिला, तो इंद्र ने असुरों पर चढ़ाई कर दी। बहुत से असुर मारे गए और बहुत से बंदी बनाकर

स्वर्ग में ले जाए गए। हिरण्यकश्यप की पत्नी कयाधू गर्भवती थी। उसको भी अन्य असुरों के साथ स्वर्ग में ले जाया गया। नारद मुनि ने जब उसको देखा तो कहा, "इसको मेरे घर में सुरक्षित रख दो।" इंद्र ने

उनकी बात मान ली। नारद मुनि कयाधू को अपने घर ले आए। वह कयाधू को भगवान के भजन और स्तुतियाँ सुनाते रहते और ज्ञान का उपदेश भी देते रहते थे। उसके गर्भ का बालक सब सुनता था।

हिरण्यकश्यप की तपस्या से प्रसन्न होकर ब्रह्मा प्रकट हुए और उससे वरदान माँगने को कहा। हिरण्यकश्यप ने अमर होने का वरदान माँगा। भगवान ने यह वरदान देने को मना कर दिया। इस पर उसने कहा, "मुझे ऐसा वरदान दीजिए कि मैं न तो मनुष्य के द्वारा मारा जाऊँ न ही जानवर द्वारा। किसी भी हथियार से भी न मरूँ। न सुबह और न रात को, न बाहर, न घर के भीतर, न धरती में, न आकाश में मारा जाऊँ।"

ब्रह्मा ने "तथास्तु" यानी "ऐसा ही होगा" कह दिया। हिरण्यकश्यप निडर होकर फिर से अत्याचार करने लगा। उसने देवताओं को स्वर्ग से निकाल कर असुरों का राज्य बना दिया।

हिरण्यकश्यप का पुत्र हुआ, जिसका नाम प्रह्लाद था। चूँकि उसने जन्म से पहले ही से भगवान का गुणगान सुन रखा था, अतः वह भगवान विष्णु का परम भक्त था।

उसके पिता ने अपने को भगवान घोषित कर रखा था, परंतु वह उनको भगवान नहीं मानता था। उसके पिता

हिरण्यकश्यप ने कहा, "यदि तुम मुझे भगवान नहीं मानोगे तो मार दिए जाओगे।" हालाँकि प्रह्लाद अडिग रहा। उसको इसकी बहुत सज़ा दी गई – हाथियों के सामने डाला गया, साँपों के बीच में डाला गया, ज़हर पिलाया गया, परंतु वह भगवान विष्णु का नाम लेता रहता और बचता रहता।

एक बार हिरण्यकश्यप ने प्रह्लाद से कहा, "अगर तुम्हारा भगवान इतना अधिक शक्तिशाली है तो उससे कहो कि मुझसे युद्ध करे। कहाँ है वह?" प्रह्लाद ने

उत्तर दिया, "वह सब स्थानों में हैं।" "क्या इस खंभे में भी है?" उसके पिता ने पूछा। प्रह्लाद ने कहा, "हाँ इसमें भी है।" तुरंत ही हिरण्यकश्यप

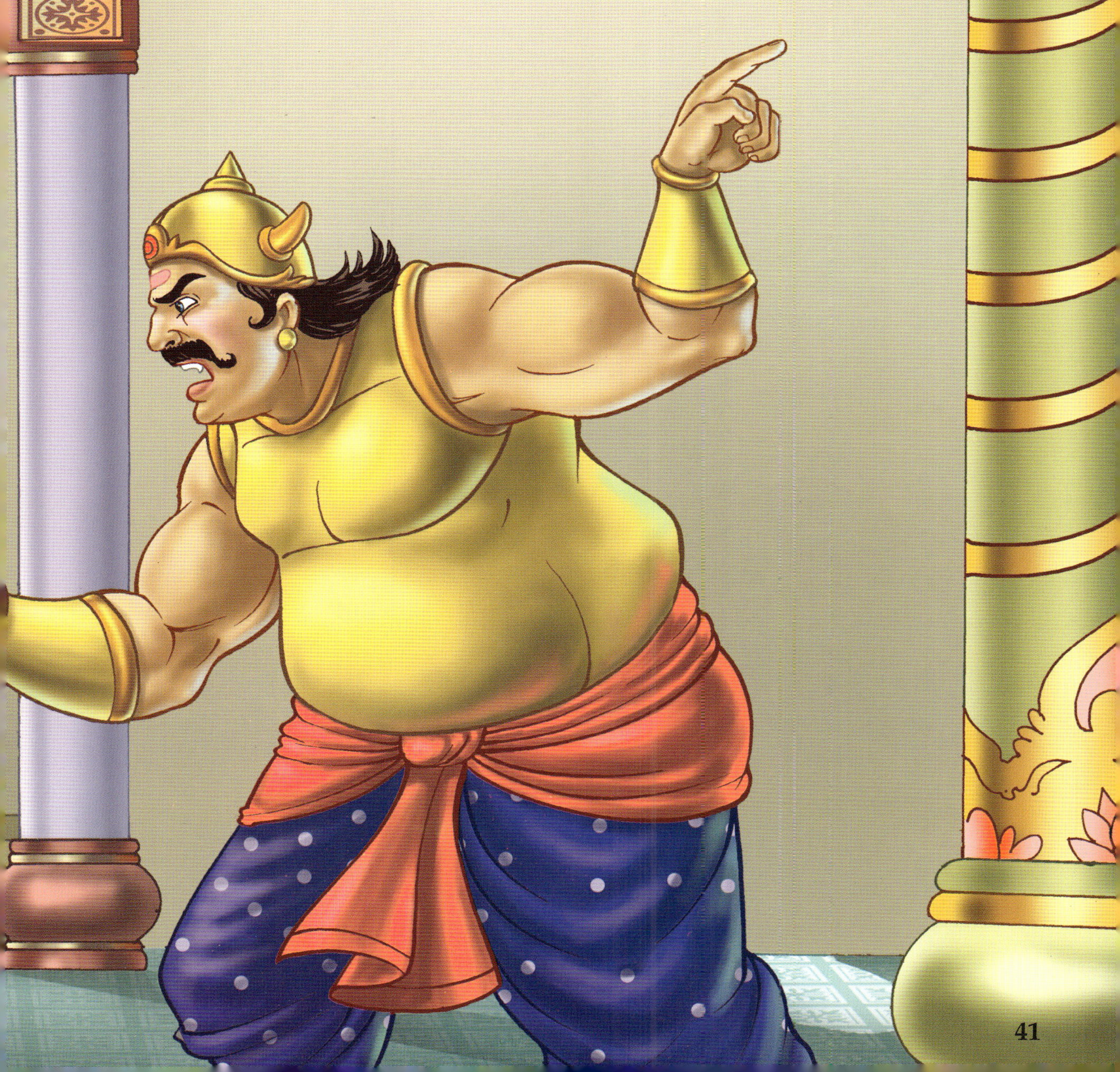

ने अपनी गदा से खंभे पर ज़ोर से मारा, खंभा टूट गया और उसमें से नृसिंह अवतार में श्री विष्णु भगवान प्रकट हो गए। उनका सिर शेर का और शरीर मनुष्य का था यानी वे न तो आदमी थे और न जानवर थे। उन्होंने उस राक्षस को झपटकर दबोच लिया और महल के द्वार पर ले जाकर अपनी जाँघों पर रख लिया और अपने तीखे नाखूनों से शाम के समय हिरण्यकश्यप का पेट फाड़कर उसे मार दिया। इस प्रकार नृसिंह का अवतार लेकर भगवान ने तीनों लोकों में शांति स्थापित कर दी और प्रह्लाद को असुरों का राजा बना दिया।

वामन अवतार – पाँचवाँ अवतार

प्रह्लाद के काफी सालों बाद उसका पोता बाली असुरों का राजा बना। उसने देवताओं से जीतकर तीनों लोकों में अपना राज्य बना लिया। देवताओं की माँ अदिति ने बारह दिन तक विष्णु भगवान की पूजा की और उनसे प्रार्थना की, "मेरे पुत्रों को उनकी शक्ति वापस मिल जाए।" भगवान ने उसकी प्रार्थना सुनी और एक बौने का रूप लेकर बाली

से मिलने गए। बाली उस समय एक यज्ञ कर रहा था। वामन के रूप में भगवान ने कहा, "मैं भिक्षा लेने आया हूँ।" बाली ने कहा, "आप बहुत अच्छे समय में आए हैं। माँगिए, जो कुछ भी आपकी इच्छा हो।" वामन ने कहा, "मुझे अपने

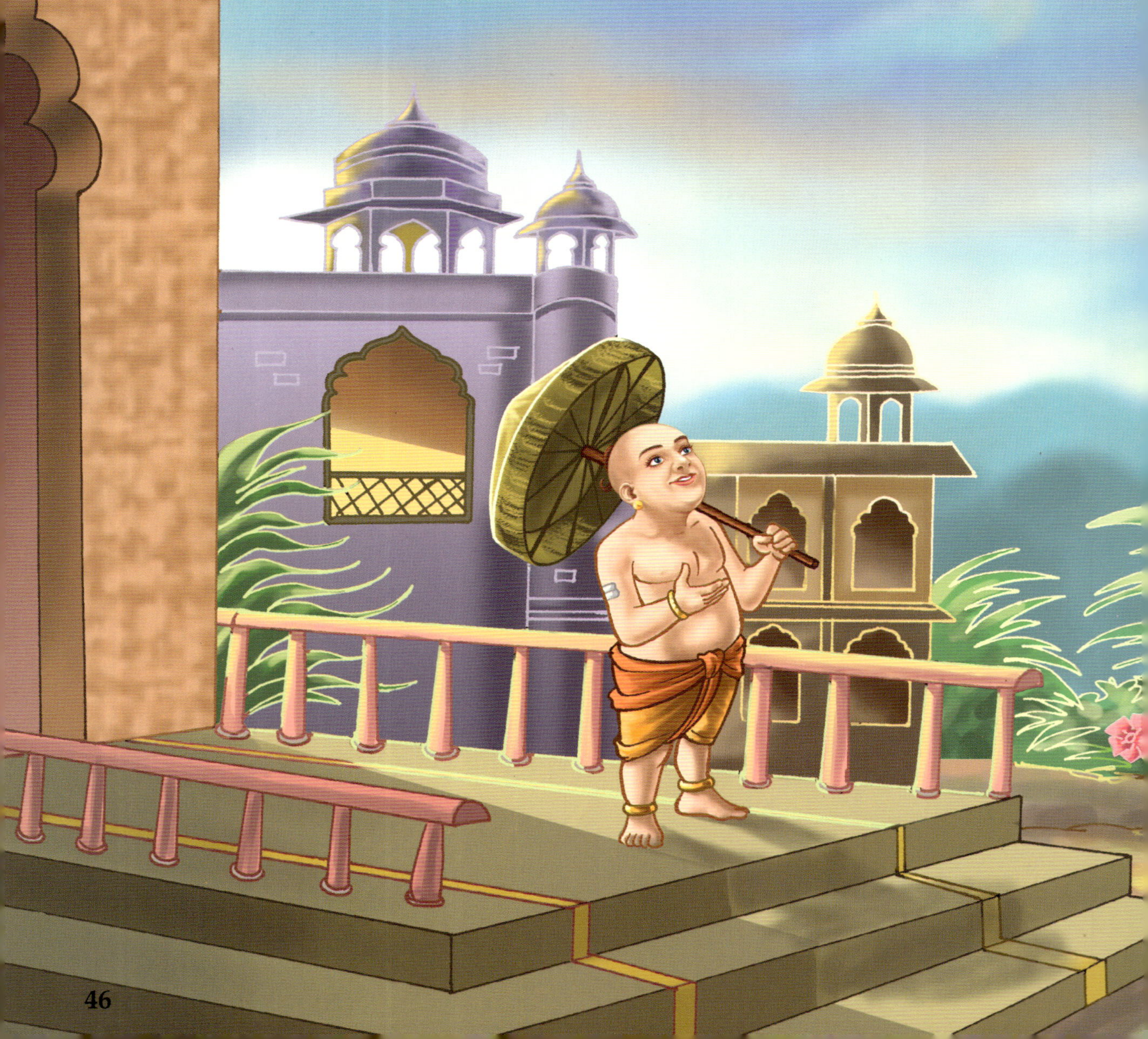

पैरों की नाप से केवल तीन पग जगह चाहिए।" बाली ने तथास्तु कह दिया।

तभी उनके गुरु शुक्राचार्य ने बाली को सावधान करते हुए बताया, "वामन के अवतार में स्वयं विष्णु भगवान हैं।" हालाँकि बाली ने कहा कि वह अपनी बात से पीछे

नहीं हट सकता। वामन ने भगवान के पैर धोए और देखा कि उनका आकार बढ़ता ही जा रहा है। कुछ ही क्षणों में उनका आकार पृथ्वी से आकाश तक फैल गया। अपने एक पग से उन्होंने सारी पृथ्वी नाप ली और दूसरे पग से सारा आकाश। फिर भगवान बाली से बोले, “तुम्हारे पास जो कुछ था, वह तो मेरे दो पगों में आ गया। अब

तीसरा पग कहाँ रखूँ?" बाली ने तुरंत अपना सिर आगे कर दिया और कहा "आपके पास मेरा सिर है।" भगवान ने धीरे से बाली को नीचे किया और कहा, "मुझे जानते हुए भी तुमने अपना वचन पूरा किया, अतः तुमने मेरे हृदय को भी जीत लिया है और स्वर्ग को भी।" इतना कहकर भगवान अंतर्धान हो गए।

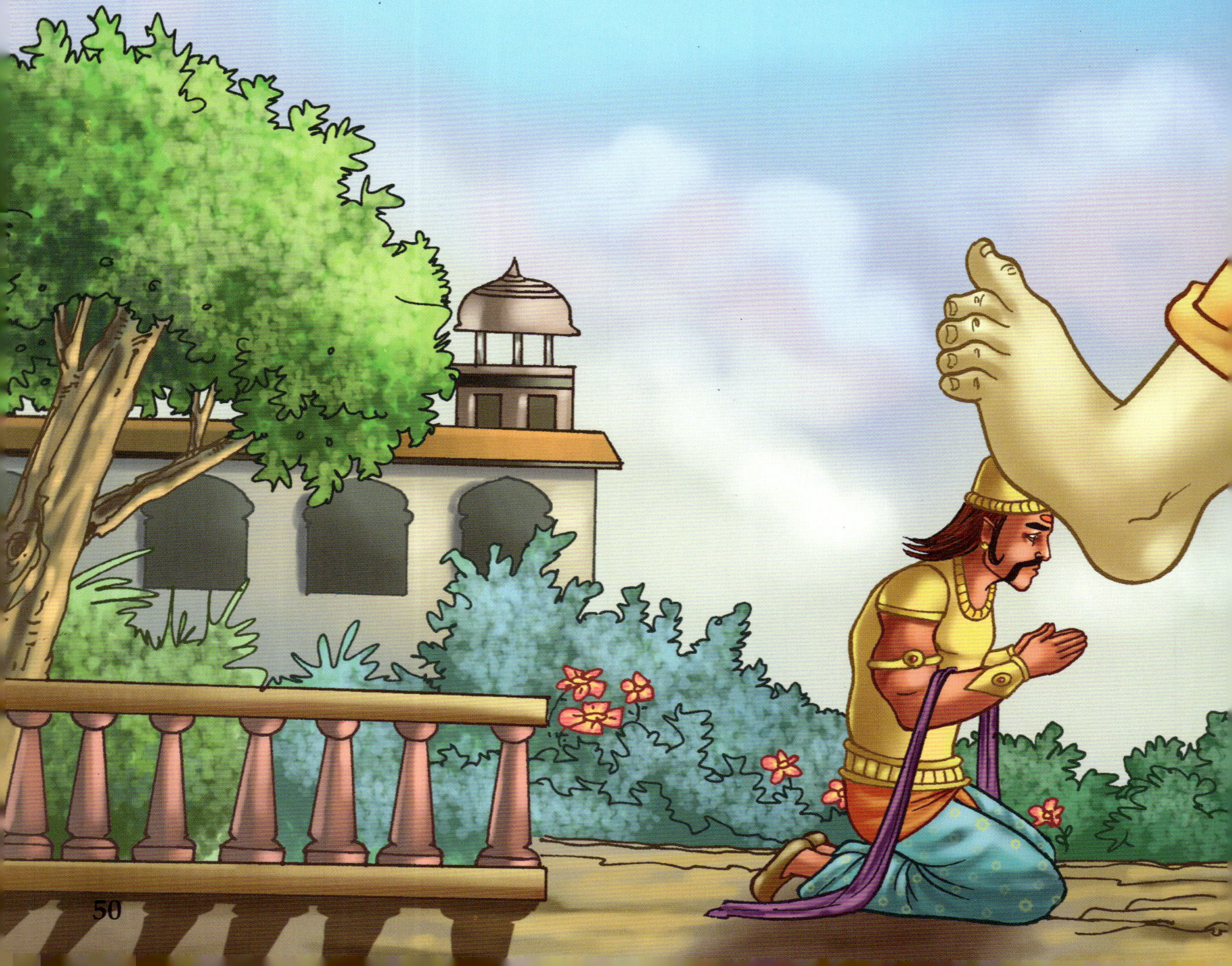

परशुराम – छठा अवतार

हैहयवंश के राजा कृतवीर्य के पराक्रमी पुत्र का नाम सहस्रबाहु था। उसके एक हज़ार हाथ थे। उन्होंने भगवान दत्तात्रेय की बहुत पूजा और प्रार्थना की और उनसे वरदान पाकर वह बहुत शक्तिशाली हो गया। अब वह पृथ्वी और स्वर्गलोक में सभी लोगों को परेशान करने लगा। तब भगवान विष्णु

ने महर्षि जमदाग्नि और उनकी पत्नी रेणुका के घर में उनके सबसे छोटे पुत्र परशुराम के रूप में जन्म लिया। परशुराम बचपन से ही अत्यंत वीर, पराक्रमी और अस्त्र-शस्त्रों के ज्ञाता थे। वह हर समय एक परशु (फरसा) को साथ लेकर चलते थे।

एक दिन कृतवीर्य के पुत्र सहस्रबाहु जमदाग्नि के आश्रम के पास से जा रहे थे, तो जमदाग्नि ने उनको भोजन के लिए आमंत्रित किया। सहस्रबाहु ने कहा, "हम बहुत लोग हैं।" इस पर महर्षि ने कहा, "मेरे पास कामधेनु गाय है

अतः कोई चिंता की बात नहीं है।” तुरंत ही कामधेनु ने सबके लिए बहुत सारा भोजन दे दिया। सहस्रबाहु ने यह देखा तो उसने वह गाय अपने पास रख लेने का निश्चय कर लिया। वह यही सोचकर आश्रम से चला गया और उसकी आज्ञा पाकर उसके सैनिक बलपूर्वक कामधेनु गाय और उसके बछड़े को छीन ले गए।

जब परशुराम को इस बात का पता लगा तो वह अत्यंत क्रोधित होकर सहस्रबाहु के महल पहुँच गए। दोनों में भीषण युद्ध हुआ। परशुराम ने उसके सारे सैनिकों सहित सहस्रबाहु को भी अपने परशु से मार गिराया। इस प्रकार तीनो लोकों में शांति की स्थापना की।

राम – सातवें अवतार

रावण राक्षसों का राजा बन गया था। भगवान विष्णु ने अयोध्या के राजा दशरथ के पुत्र राम के रूप में अवतार लिया। राजा दशरथ की तीन रानियाँ थी – कौशल्या, सुमित्रा और कैकेयी। चार पुत्र थे – राम, भरत, लक्ष्मण और शत्रुघ्न। भगवान राम ने बचपन से ही अनेक राक्षसों को

मारा था। उनका विवाह सीता के साथ हुआ। सीता जी राजा जनक की पुत्री थीं। कैकेयी के वरदान के कारण भगवान राम को सीता और लक्ष्मण के साथ चौदह वर्ष वन में रहना पड़ा। वहाँ रावण की बहन सूर्पनखा ने भगवान

राम के साथ विवाह करने का आग्रह किया। राम ने उसको लक्ष्मण के पास भेज दिया और लक्ष्मण ने उसकी नाक काट दी। इस बात से रावण बहुत क्रोधित हुआ और उसने राम से बदला लेने का निश्चय कर लिया।

रावण ने एक राक्षस को सोने का हिरन बनाकर भेजा। सीता के आग्रह पर राम उस हिरन को पकड़ने गए। तभी मौका पाकर रावण ने एक साधु का वेश बनाया और सीता से भिक्षा माँगने गया। जैसे ही सीता उसको भिक्षा देने आई तो रावण बलपूर्वक सीता को उठाकर ले गया।

भगवान राम ने अपने भक्त हनुमान और अनेक बंदरों की सहायता से लंका में जाने के लिए समुद्र पर एक पुल बनाया। लंका में पहुँचकर राम और रावण में भयंकर युद्ध हुआ। भगवान राम ने सारे राक्षसों को और रावण को भी मार दिया और उसके भाई विभीषण को लंका का राजा बना दिया। अंत में राम, सीता और लक्ष्मण के साथ अयोध्या लौट आए।

कृष्ण – आठवें अवतार

भगवान विष्णु देवकी और वसुदेव की आठवीं संतान के रूप में पैदा हुए। उस समय उनके माता-पिता को उनके मामा कंस ने कारागार में बंद कर रखा था। एक आकाशवाणी से कंस को यह मालूम चल गया था कि देवकी का आठवाँ पुत्र उसकी मृत्यु का कारण होगा। अतः वसुदेव ने पैदा

होते ही कृष्ण को गोकुल में नंद के घर में रख दिया। कृष्ण वहीं पलकर बड़े हुए। कंस ने उनको मारने की बहुत कोशिश की। पूतना से जहर पिलवाया, साँप के रूप में अधासुर को भेजा, और भी अनेक राक्षस भेजे, परंतु कृष्ण ने सबको मार दिया।

कृष्ण और उनके बड़े भाई बलराम कंस की राजधानी मथुरा पहुँचे। वहाँ पहुँचकर उन्होंने कंस को युद्ध करने को ललकारा, और कंस को मार गिराया।

कृष्ण से सभी लोग बहुत प्यार करने लगे। उनकी सोलह हज़ार रानियाँ थीं। पांडवों के वे पक्के मित्र थे। महाभारत की लड़ाई में उन्होंने पांडवों की बहुत सहायता की थी और दुर्योधन

से पांडवों का राज्य उनको वापस दिलाया। अर्जुन को गीता का उपदेश दिया।

कृष्ण का जीवन जब पृथ्वी में समाप्त हुआ तो तभी से कलियुग का आरंभ हो गया।

भगवान बुद्ध – नौवाँ अवतार

कपिलवस्तु के राजा शुद्धोधन और रानी मायादेवी के घर में एक पुत्र हुआ, जिसका नाम सिद्धार्थ रखा गया। जब वह बड़े हुए तो यशोधरा से उनका विवाह हुआ। कुछ समय बाद ही उनका एक पुत्र भी हो गया।

एक दिन सिद्धार्थ ने अपने पिता से महल से बाहर घूमने की इच्छा प्रकट की। राजा ने उनको अपना रथ घूमने को दे दिया। जब भी वह महल के बाहर जाते, उनको जीवन की सच्चाइयाँ देखने को मिलतीं – जैसे, बुढ़ापा, बीमारियाँ और मृत्यु।

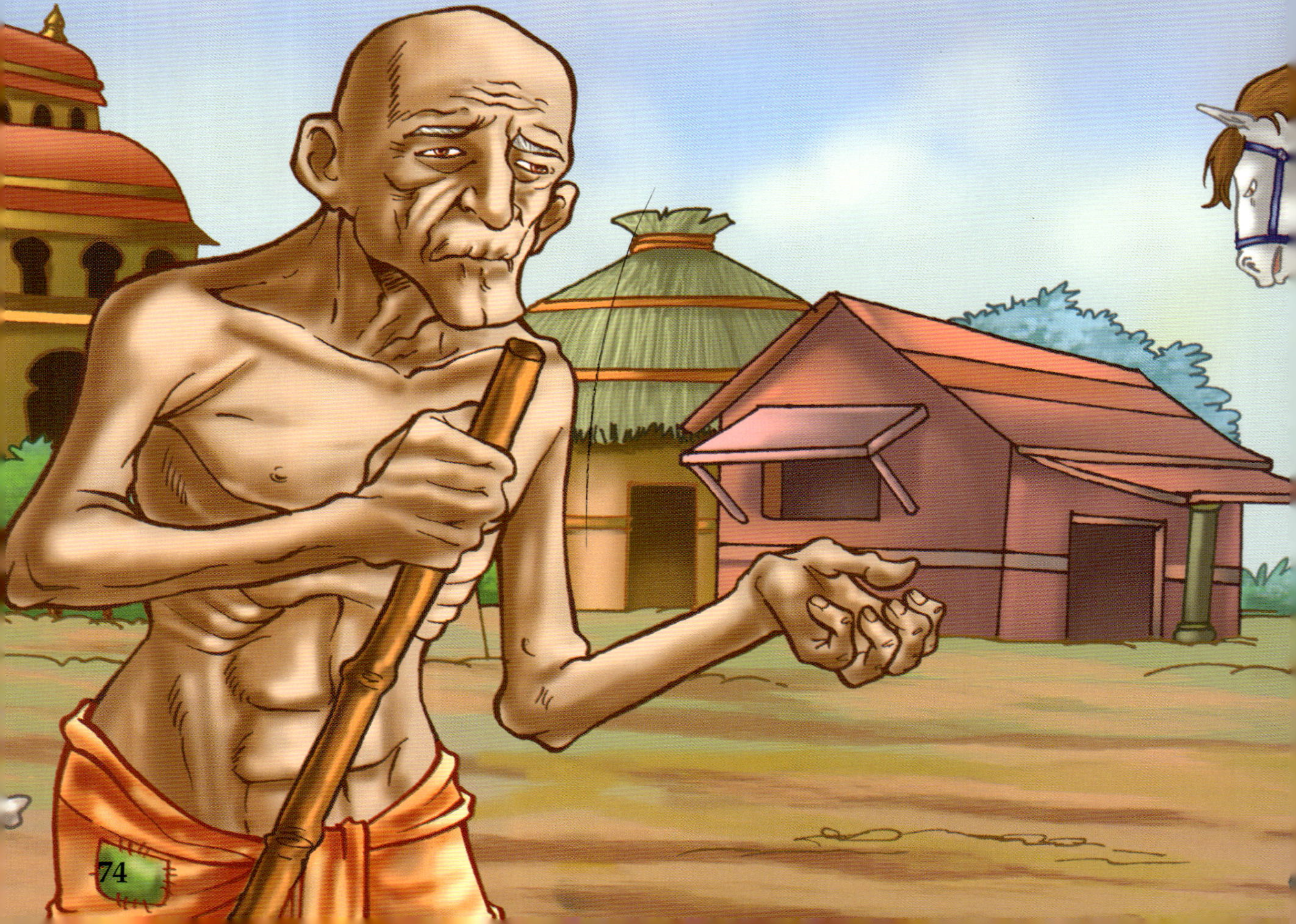

एक दिन उन्होंने एक संन्यासी को ध्यान करते देखा। उसका चेहरा बहुत शांत था। पूछने पर उनके रथ के सारथी ने बताया, "यह संन्यासी असली खुशी की खोज कर रहा है।"

उसी रात को सिद्धार्थ ने अपना इरादा पक्का कर लिया और दुनिया की सारी सुख-सुविधाओं को छोड़कर जंगल में चले गए। वर्षों उन्होंने ध्यान किया। अंत में बोधि-वृक्ष के नीचे बैठे हुए ध्यान करते-करते उनको ज्ञान प्राप्त हो गया और वे 'बुद्ध' बन गए।

कल्कि – दसवें अवतार

यह विष्णु का अवतार अभी नहीं आया है। धार्मिक किताबों के अनुसार जब पाप अपनी सीमाएँ पार कर जायेगा तब कल्कि के रूप में भगवान अवतार लेंगे। वह घोड़े में सवार एक सिपाही की तरह होंगे। तभी से नए युग का आरंभ भी होगा।

TITLES IN THIS SERIES